ㅅ
ㅣ
ㅇ
ㅔ
ㅅ
ㅔ
ㅣ
ㅇ
ㅇ

# 달이 뜨면 나무는 오르가슴이다

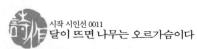

시작 시인선 0011
달이 뜨면 나무는 오르가슴이다

찍은날 ㅣ 2002년 10월 25일
펴낸날 ㅣ 2002년 10월 30일

지은이 ㅣ 변의수
펴낸이 ㅣ 김태석
펴낸곳 ㅣ 천년의시작
등록번호 ㅣ 제10-2385호
등록일자 ㅣ 2002년 5월 16일

주소 ㅣ 서울 종로구 도렴동 115번지 삼육빌딩 310호(우 110-051)
전화 ㅣ 02-723-8668
팩스 ㅣ 02-723-8630
홈페이지 ㅣ www.poempoem.com
전자우편 ㅣ webmaster@poempoem.com

ⓒ변의수, 2002. printed in Seoul, Korea
ISBN 89-90235-10-3

값 6,000원

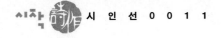 시 인 선 0 0 1 1

# 달이 뜨면 나무는 오르가슴이다
변의수 시집

2002

自 序

1 플러스 1은 2이다
그러나, 언어 플러스 언어는 세계이다

지구는,
언젠간 새로운 행성을 찾아내어야 한다

빛이나 소리와 함께
언어는 훌륭한 우주선이다

이번 시집에서 우선은,
낡고 외로운 나의 별을 벗어나고 싶었다

2002년 8월 변의수

■ 차 례

# I 검은 십자가

I

검은 십자가

# 십자가

내가 껴입은 낮의 육체는 의자에 걸려 있다 텅 빈 가슴
을 벌린 채,
무슨 말을 하려는 것일까
저 집요한 침묵!

이제 육체는 내려오고 싶은지도 모른다 오랫동안 매
달려 있었으니…

## 우울한 劇

나무에 구멍을 내었다
구멍에다 속삭였다 나무판자 속의 눈,
뒤엉킨 그림자!
나무의 구멍에다 속삭였으니,

사각형의 육체 속에
들어 있는 저
표정,
난 딱딱한 육체를 뜯어내어 외출을 한다
판자처럼 뜯겨나간 껍질,
어긋난 생각의 첫수

머리 한켠을 깎았다
빨간 모자가 흘러내린다

꿈을 꾸는 동안 그림자는 줄어든다
나무에 매달려,

비명도 지를 수 없는 사이
대패질이 한 쪽 눈을 깎아버렸다

이 어긋난 머리를 가만 둘 순 없는 것이다

그림자를 가진
나무인형의 댓가!

## 간호사의 집

창마다 검은 잎이 붙어 있다 이것은 죽음으로 몰아넣는 고문이다

포르말린으로 변색한 눈, 흰 손등을 드러낸 소년, 검은 꽃잎이 입술을 벌린다 겁에 질린 소년이 계단에 숨는다 검은 시간이 소년의 목을 조인다 검은 기침… 약사는 하얀 가루를 내민다 누가 소년의 등에 침을 뱉었다 꿈틀거렸지만 소년은 잠잠했다 등에서 침이 흘러내리고

소년은 하얀 차에 태워졌다 꿈틀거리는 소년에게 주문을 건다 주사약 같은 말들로 소년은 소독되어지고 검은 창 속으로 소년은 옮겨진다 검은 방에서 딱딱하게 소년은 굳는다

버스에서 소년을 보호하려는 난쟁이 엄마, 나는 그 정경을 보려고 고개를 돌렸다 하지만 끝내 그녀가 난쟁이인지 알지 못했다 검은 잎이 비쳐 들어왔다

나는 검은 나뭇잎에게 들키지 않았는지 흠칫 돌아보았다 그러나 아무도 없었다 간호사가 주사약을 먹인다 달

콤한 약, 나는 알약을 간호사의 손바닥에 올려놓는다

# 길 위의 병원

　창 밖 나무가 흔들린다 저 건물들은 언제부터 서 있었
나 집들은 어디론가 나아가려는 듯 어깨를 움직인다 이
곳에서 길이 시작되는가? 말없이 빠져나가는 사람들, 그
들은 禪僧이 다 되었다 아무것도 치료해주지 못하는 병
원, 누가 알려주었을까, 차를 기다리는 사람, 육교를 오
르는 발걸음들, 모두 默示의 교리를 지킨다 거대한 침묵
속 얼어붙은 12월의 유리창, 어디로 가는가, 서로는 제지
하지도 않으며, 이미 시작된 예정, 지붕들은 미세한 움직
임도 없이 조용하다 눈을 뜨고 있는가, 떠라, 굳은 피가
어떻게 흐르는지, 소리를 들었는가, 말하라, 한 점 속으
로 날아가는 새의 縮骨! 창 밖의 행진은 이어진다… 그리
고, 새는 얼마 후 다시 날아오를 것이다

# 동굴

아무도 근접하지 않는 새벽, 빈집이 서 있었다 유령선처럼 나타난, 부근의 건물들은 콘크리트가 채워지지도 않은 채 지퍼를 잠그지도 못하고, 풀 섶 길옆으로 누군가 교회 문을 들어서고 있었다 하지만 사람들은 동굴을 파러 버스를 타야 했다 헐레벌떡 토큰을 쥔 채, 구름이 떠다니는 종유석 동굴은 따뜻하다 모두가 집으로 돌아가는 저녁, 나는 그 집 문을 열어볼 참이었다 동굴이 어디쯤 나 있는지 부르렁거리는 굉음 소리를 고래의 뱃속을 들여다보듯 불꺼진 집을,

며칠 째 연결되지 않는 컴퓨터, 사람들은 엉덩이를 붙이고 있지도 못한다 수화기를 들었다가 놓았다가 동굴을 바라보는 나의 표정에 숨이 막힐 지경인지 문서를 지웠다간 고쳐 쓰고 고요한 전화벨 소리… 동굴 속에서는 아무런 소식이 없다

# 나무액자


햇빛 속

누가 중얼거린다
신문을 읽고 있다

나뭇가지에 새의 날개가 묶여 있다 가는 다리를 늘어
뜨린 채, 사진엔 무성한 나뭇가지만 찍혀 나왔다

햇빛 아래 나와 앉아 있는 나무,
손으로 받쳐 든 머리는 흙 속의 뿌리로 뒤엉켰다
사람들은 누구도 그 헛것을 알아보지 못하는 듯했다
구두를 신은 나무,

누가 이곳에서
지문을 조사하고 흔적을 거두어 간다

죽은 나무로 짠
창틀 아래

아이 하나 넥타이를 매고 서 있다

# 指紋

나무처럼 자라난 그림자
누군가 남겨둔 흔적처럼

어떤 이는 액자에 넣어 초상화로 걸어두기도 했다
나는 사진으로 몇 장 남겨두었다 증발하지 않도록
누가 권유를 했었다 햇살처럼 느린 그것들을

누군가 은밀히 촬영해 두었는지도 모르는 일
양순한 그것들을 꼼짝도 못하도록 가두어 넣는 광경을

그리고, 한 쪽에선 그대로 재현해내고 있었던 것,
판화로 새겨두기 위한
재빠른 크로키를!

# 흑백사진

그림자는 새처럼 가만있다 먹이를 바라볼 뿐이다
누군가 자리를 뜨면 부리로 가볍게 삼킬 것이다
한 무더기 음식처럼 놓여 있는 전투 전의 기다림 같은
짤막한 시간,
어느새 시간은 저만큼 그림자를 뛰어넘어 가 있다
잘 참고 견디는 그림자를 보라!

생각뿐인 이 하루, 늦은 그는 의심받고 있다

# 침대

A

침대를 팔려다가 패가망신한 자들을 알고 있다 그는
우울증에 빠져 있다 그것이 그의 침대가 되었다 그는 부
끄럼도 없이 침대를 걸머지고 다닌다 왕관처럼,

B

침대는 그의 동굴이다 그는 범칙금을 물 뻔했다 그가
내지 않은 범칙금은 쓰레기통 속에서 썩지도 않고 침대
의 형태로 숨을 쉬고 있겠지만 그는 놈의 정체를 이미 알
고 있다 놈의 옷은 침대를 숨기기에 안성맞춤이다 그는
결코 범칙금을 물지 않는다!

C

나는 침대를 갖고 있지 않다고 말했다 물론 등에는 침
대의 뿔이 돋아나 있었다 하지만 누구도 모르는 것 같았
다 입 속에는 침대의 다리가 드러나 보인다 욕창을 가리
는 검은 침대,

D

그들은 침대에 관하여 의심하지 않는다 뒷모습에 숨겨

진 침대 크기의 구멍, 이제 그는 더욱 크고 화려한 침대
를 찾아 나서는 것이다 키이웨스트 같은,

# 사냥꾼의 건축

　곰처럼 웅크린 빈터, 그의 몸 속 깊이 쑤셔 넣어질 철근
이 운반되어져 있다 날이 밝는 대로 그는 사냥되어진다
아직은 발톱을 가진 야생의 밤, 신음처럼 어둠을 품은 채
끊임없는 발자국의 추적 야생의 눈빛을 겨냥하는 탄환,
곰은 움직이지 않는다 등을 돌리지도 않은 채 두려워 않
는 곰, 생각과는 달리 쉽게도 그들은 사로잡을 것이다 익
숙한 솜씨로 분화구처럼 상처를 이루고 기둥을 세울 것
이다 아침이면 전리품으로 하늘 높이 매달아 세울 곰의
십자가!

# 동물농장

창은 사각형으로 내려앉았다 뜨거운 프라이팬 위에서,
술 마신 돼지는 쉽게 익는다 술을 필요로 하는 비계, 네
모난 집에서 고민스런 음식을 무더기 무더기 똥으로 짓
뭉개는 밥통, 베란다에서 밥통을 바라본다 돼지들을 감
독하는 정부의 밥통, 돼지의 몸 속은 구정물로 움직인다
배설물로 불룩한 프라이팬 위에서 돼지의 밥통은 소화
되지 않는다 아스팔트 위에서 맛있게 끓어오르는 구정
물, 목소리, 혓바닥, 음경…

항아리는 눈만 뜨고 있다 누가 비싼 값에 사겠다고 한다 사람들은
침을 꿀꺽 삼켰다 오래된 허공의 무덤 어느 날 항아리가 없어졌다 도
난당했다고도 했고 강물에 빠뜨렸을 거라고도 했다 어디론가 날아가
는 것을 보았다고도 했다 모든 움직임을 소리로 바꾸는 귀, 선반엔 아
직도 항아리의 자국이 뚜렷하게 남아 있다

## 無聲映畵

　공기는 송곳에 찔려도 터지지 않는다 그에게 죽음은
없다 누구도 그를 기억하지 않는다 실은 그도 바라지 않
는다 놀란 표정을 한 채 잠깐 지나가면 그만, 그는 죽지
않았다 피로한 새벽 밤새 쫓긴 그는 매립장에 버려질 것
이다 으깨어진 얼굴, 찢겨진 옷가지와 함께 흙더미에 묻
혀 지낼 것이다 짓눌려 빠져나가지 못하는 그림자 陰畵
를 바라보는,

## 짐짝

　죽음의 물질, 피로! 그것이 만들어낸 깊은 계곡을 보라,
의자 위의 살과 살이 죽어 겹쳐진, 무엇이 그를 망가뜨리
는 것일까? 쉴 새 없이 손과 발을 움직여,

　죽음이 건축해내고야 마는 것! 이제 곧 완성될 것이다,
멈추지 않으려는 듯 저항하지만 그는,

　(짐을 옮긴다 고집스런 짐짝, 그는 한번도 이겨본 적 없다 한
때는 그를 지탱해 주었던 하인, 두렵다! 이제는 놈이 주인이다
손과 발은 놈을 위해 사용되어진다 떼어낼 수 없는 짐짝, 이제
그는 없다 짐짝만이 남았을 뿐 어디론가 매일같이 끌고 가야
할, 무엇이 들었는지도 알 수 없는 궤짝 하나,)

# 우울한 극 II

  정거장에서 술을 마신다 열차에 뜨거운 기름을 쏟아
붓기 위하여, 열차는 제 몸을 열어 화물들을 보여주었다
해적의 뱃속을, 시커먼 뱃속은 작은 열차들로 바글거렸
다 두꺼비 같은 놈들도 있었다 그들이 지나온 도시는 너
무 굶주리고 황량했다 검은 연기를 뿜어대는 정거장, 너
무 오랜 여행이 열차를 망가뜨렸다 지나온 길마저 잊게
한다 이제는 철로가 있으므로 달리는 열차 오직 달리기
위해 술로 몸을 데우는,

## 그가 만든 사다리

냉각탑은 회색의 납빛으로 번쩍인다
생각이 점령한 것은 새의 자유,

　　　　　　　　　　　　강박감,

진작 약을 먹었어야 했다
고압선에 걸려 있는 날개,

　　　　　　　　　　　　손가락,

이제는 사진까지 찍어두고 빙산이라
한다, 이력까지 내세우며,

　　　　　　　　　　　　떠다니는

떨어져 내리는 햇살,
그가 꾸며놓은

　　　　　　　　　　　　시체,

강박관념,
허공에 세워놓은

# 흔적

검게 벌린 입, 몸을 빠져 나온 구멍들, 천천히 걸어가는 공기 속에는 누가 있다, 그가 걷기 위해 만들어 둔 옷, 나무는 건조한 그의 생각을 넣어두기 위한 것,

옆길로 들어서 꽃길을 걷고 싶었다 비가 왔지만, 내가 가는 길은 꽃이 사라졌다 10미터도 못 가서 길은 내 굴로 통했다

아무것도 보지 못하고 돌아왔다 남의 집 마당만 기웃거리다 왔다 누가 자꾸 나를 굴속으로 밀어 넣는 것만 같다 이렇게 오랫동안 눈과 귀를 막고 아무런 느낌조차… 기억나지 않는다 미치도록 깊은 굴 속, 내가 무슨 짓을 했는가!

우울한 나무들이 떠다니는 안개 속, 안개를 헤치고 걸어가면 안개는 뒤에서 나의 자욱을 지운다 나의 구멍을, 깨어나면 거칠게 찢겨진 옷…누군가 음악을 준비한다 저 악의에 찬 거짓,

# 낮 속의 낮


검은 하늘에 태아가 웅크렸다
검은 꽃잎에 하이얀 색 바랜 손가락
태양이 빠져나간 자리에 마른 발가락,
뿌리처럼
여인의 목은 몇 바퀴나 꼬여 있다
주름으로 엉킨 팔이 목을 감았다

버스 밖은 하얀 밤이다 눈처럼
사람들은 이 나무 저 나무 사이를 날아다닌다
태양이 마른 해골처럼 빛나는 하얀 밤

온 몸에 성기가 달린 붉은 눈을 가진
해골을 갉아먹는 진흙 속의 게
두개골과 갈비뼈 속을 기어다니고 있다

검은 눈알만 남은 아이들
덜컹거리는 버스 안은 하얀 낮이 계속되고 있다

# 두 개의 붉은 해

지쳐 있어 그는 충분히 짚어질 수 없다 건널목을 내달리지만 빈 바닥만 남아 있는 아침, 벗어둔 그림자가 있지나 않은지 뒤적이지만 그는 아무 것도 하지 않고 있다 누가 문을 열고 들어서면 블라인드를 슬쩍 잡아당긴다 그림자는 날지 못한다 유리창을 빠져나갈 수는 더욱 없다

황금으로 된 머리를 받쳐 든 손, 경전이 든 머리는 웃는다 태양빛의 얼굴로, 마른 뼈의 발목으로 떠받친 황금의 像, 오랜 시간 받쳐드느라 약해진 손목, 그만 머리를 떨어뜨린다 머리엔 흙먼지가 묻는다 광대뼈가 일그러지기도 한다 매일 아침 거리를 굴러다니는 황금의 머리, 햇빛 아래 찡그린 흉상,

# 향나무가 있는 병원

　죽은 것들이 실려 나간다 하얀 천사는 비닐봉투를 들고 서 있다 죽은 살갗을 떼어낸 비닐과 알약, 주사바늘, 시계가 빠르게 움직인다 머리 속에 떠 있는 붉은 해와 수군거림, 그들은 병원으로 가는 길을 묻고 있었다 움직이지 않는 나무, 나무들은 병원처럼 조용하고 아름다웠다 그곳에선 침묵을 지켜야 한다는 걸 잘 알고 있다 푸른색으로 세워놓은 한 컷 액자처럼 구름을 걸어 두었고 사람들은 비행기를 기다리고 있었다 왜 시간은 맞지않는 걸까, 불결한 영혼들이 되살아나 꿈틀거리는 담 아래, 술병, 붕대와 주사바늘이 뒤엉킨, 이제 자신들이 병원을 세우려는 것일까 나는 수군거리는 소리를 들으러 가 보았다 교회는 너무 자주 눈에 띄었다 무덤처럼 교회는 자꾸 생겨났다 시계바늘이 돌고 있었다 햇빛이 반짝였다 환자들은 숨을 내쉬지도 못한 채 기다리고 있었다 빛바랜 그들을 부를 때까지

# 붉은 교회

　남루한 옷으로 그는 앉아 있었다 크리스탈 등불이 명
상에 잠겨 있었다 비 오는 거리는 행렬이 무척이나 밀리
기 시작했다 십자가가 먼 곳에서 이동되어져 오고 있었
다 그들의 걸음은 동굴 속에서 느리고 느렸다 행렬 가운
데서 낙오자가 생겨났다 창 밖을 내다보는 그의 눈빛에
근심이 스쳤다 붉은 빛이 십자로를 돌아갔다 모래언덕
을 넘고 넘어 그들이 당도한 곳 소망은 해와 달처럼 바뀌
고 교차했다 삶은 빛처럼 나타났다 그리고 빛보다도 빠
르게 사라졌다 하루는 꼭 하루뿐인 이곳 누구도 오랜 믿
음을 지키는 사람은 없었다 그들의 몸 속에선 알들이 산
란되어지기 시작했다 종양은 뇌에까지 무섭게 퍼져 있
었다 순례자의 명상 위에 빗방울이 떨어지고 두 손은 더
욱 깊은 명상 속으로 잠겨 들어갔다 이 늦은 시각에도 무
사히 십자가의 빛이 당도할 수 있을까 사람들의 머리 위
에서 빗방울이 굵어졌다 이제 더 이상 잔잔한 빗방울이
아니었다 기둥 아래서 간구하였지만 교회는 어둠 속에
서 젖어들고 있었다

# 황금 가면


그 도시의 가로등은 황금으로 빚었다 바닷물이 푸르게 움직이고 황금으로 만든 의자에서 황금의 인간들이 유리 밖의 움직임을 구경한다 푸른 물 속의 종족들이 자유롭게 떠다니는 도시 황금의 인간들은 유리문의 도시에서 맥주를 즐긴다 황금으로 만든 책을 넘기며 전설과 도시를 얘기하는 모르는 것이 없는 황금의 얼굴들, 철로된 손목이 드러날까 나는 소매 단추를 꼭꼭 잠겄지만 그만 내의가 드러나는 실수를 범하고 말았다 황금으로 만든 길이 뻗어 있는 거리에는 황금의 자동차가 공기와 바람 사이로 느릿느릿 굴러갔고 속을 들여다보인 나는 그들에게 종일 웃음거리가 되었다 그래도 난 황금의 인간인 척 유리컵에 황금으로 빚은 술을 권했다 어쨌든 그들은 나도 황금의 종족으로 인정하게 되었고 황금의 종족들이 잠자리를 찾아 웃음을 가방과 주머니에 챙겨 넣고 엉덩이를 흔들며 뿔뿔이 흩어지는 저녁 나는 금빛 포도주를 마셨다 금빛 여자와 그리고 금빛 탁자 위에 황금으로 만든 책이 있었고, 나는 마른기침을 했다고 적어놓았다 천천히 걸어가는 카펫 위에 커피가 쏟아졌고 유리문을 밀고 나와 나는 황금의 가면을 벗었다 황금의 종족들이 떠다니는 창문에는 여인들이 사내들의 얼굴에서 금빛

졸음에 겨운 수염을 잘라내고

# 새의 몸

머리 속을 빠져 나온 허연 베개, 고름덩이처럼 뒹굴고
있다 조짐은 엊저녁부터 있었다 나는 텅 빈 전화기를 집
어들었으며 아무도 없는 사무실이 되어 앉아 있었다 아
침의 실체, 동굴 같은, 그들의 동굴 속으로 손을 집어넣
어야 하는 나의 실체, 옷을 입지도 않은 나의 몰골을 그
들은 보고 있다 내가 그들의 옷을 훔치는 비열함을, 나는
습관이 되어버려 그것을 직업이라고 말한다 이제 난 내
가 살아야 하는 이유를 알았다 껍질이 길 옆을 지나쳤다
나는 껍질을 올라탔다 가야할 곳을 돌아 아무도 타지 않
는 마을과 내리지 않는 정류소를 거쳐 나도 껍질인 척했
다 손잡이에 빨래처럼 매달려, 껍질은 새처럼 가벼워진
것이다 거들먹거리는 물건을 벗어 던졌으니, 그는 옷이
아니면 아무것도 해내지 못한다 알고 보니 텅 빈 껍질 속
에 웅크리고 있었던 것이다 이 아침 나는 전자렌지에 저
렇게 먹기 좋게 데우고 있다 새의 날개처럼

# 우울증

그림은 선명하지 않았다 물감이 벽을 타고 흘렀다 어두운 색 위에 밝은 색을 붉은 짐승의 빛깔로 덧칠하고 있었다 물감 그릇 위로 땀방울이 떨어져 고적한 동굴의 벽 속에 메아리지고 있었다 그림의 울음소리처럼 햇빛이 암벽을 뚫고 새어들어 오듯, 하지만 동굴의 벽은 강철보다도 두꺼웠다 때로 횃불을 들고 굴속으로 들어갔다 흔적 위에 그림을 그리고 다시 그렸다 닳고닳아 그의 암굴이 투명해지도록 동굴 속에서 울음소리가 새어나왔다 짐승은 몇번이나 깨어났다 빗물이 새어들어 잠든 눈을 깨우거나 날아오르는 박쥐 떼의 소스라치는 소리에 그의 근육은 꿈틀거렸다 그러나 동굴은 아직 밝지 않았다 깊은 바위덩이 속 꿈틀거리는 발아래 흘러내리는 붓질과 침침한 횃불 속,

누가 내 기억에 또 다른 내용을 기록해버렸단 말인가? 아내가? 아이들이? 나도 모르는 기억을 추궁하고 되묻는다면…테이프를 거꾸로 돌리면 이상한 소리가 난다고 한다 어디선가 그런 테이프가 만들어지고 있는 것 같다 나를 거꾸로 돌리면 무슨 소리가 울려 나올까? 가만있어도 테이프는 저절로 돌아가고, 빠져 나오려 하지만 이 자

기 테이프에 드러붙은 악마의,

# 시계바늘

I

종일 하늘 가득 검은 용이 꿈틀거렸다 도시는 용의 그
림자에 휩싸였다 검은 용의 그림자가 사내의 얼굴에 내
비쳤다 작은 유리창에 붙어 있는 눈,

II

이곳은 평온했다 나는 검은 구렁이의 꼬리 속으로 들
어갔다 검은 길이 이어지고 검은 태양이 흰 뼈처럼 반짝
이고 있었다 풀잎들이 유령처럼 하늘가를 일렁이고 있
었다 이윽고 검은 용이 몸을 움직이기 시작했다 용은 달
리는 기차를 집어삼켰다 용보다도 더 시커멓고 단단한
쇠바퀴의 차량들을 한없이 이어진 그 유리창의 불빛들
을, 기차는 검은 용의 몸 속을 몇 시간이나 달렸다 그리
고 용은 기차를 뱉어내었다 어떤 사고가 있었다고 했지
만 나는 이미 출발 전에 그 불길한 검은 용을 보았다 유
리창 속에서 사람들은 현미경처럼 작아진 채 모여 앉아
있었다 그들은 검은 용의 뱃속에 있다는 것을 모르는 듯
했다 꼬리를 움직일 때마다 검은 비늘이 하늘 가득 뿌려

졌다 그럴 때마다 하늘은 먹빛으로 뒤섞였다 검은 산이
용의 비늘을 삼키고 있었다 용은 꼬리로 산들을 날려버
렸다 길은 뱀의 혀처럼 뒤로 날아갔다 두 눈만 허공에 내
놓은 채 나는 그 광경들을 보고 있었다 하지만 끝내 더
이상 그것들을 볼 수가 없었다 찢어진 구름 한켠에서 빗
방울이 떨어졌다 하지만 길은 젖지 않았다 빗방울은 흔
적도 없이 땅에 닿기 전에 사라졌다 산들이 잘려 흩어져
있었다 누런 상처를 드러낸, 나는 검은 용에 관하여 얘기
하기 시작했다 그제서야 용의 입 속에서 내뱉어진 사람
들은 왜 이곳에는 비가 오지 않는지 궁금해 하는 것이었
다 하늘에서 내뱉어진 사람들은 용의 뱃속에서 얼마나
지냈는지 몰랐다 난 그 도시에 닿자 먼저 시계를 사러 갔
다 용의 뱃속에서도 울려 퍼질, 햇빛을 튕겨 내며 움직일
빛나는 시계소리,

III

　누가 빛나는 돛을 가진 배를 선물하겠다고 했다 하지
만 나는 그에 관한 책을 읽은 적이 있다고 말했다 시간을
흩어뜨리는 좌표, 동력선 같은 그 배를, 모든 것이 정지

되고 모든 마법, 시간이 풀리고 소나무가 반짝이는 곳 기차도 그곳에서부터 울음소리를 낸다 모든 기억들이 시작되는, 죽은 사람들이 모여 있고 햇빛과 어둠, 울음소리, 물고기들의 움직임과 바닷물의 출렁임도 그곳에서 시작된다 나는 그 책을 건네 받았던 것이다 그들은 사람들 사이에서 섞여 옷을 반짝이며 걸어다닌다 그리고 인사를 한다

IV

나는 그곳에 간다 난 그들에게서 시계를 선물 받을 생각이다 책상 위에서 영원히 반짝거릴 금빛 시계소리의 울림, 귓속의 사막을

# 바퀴벌레

아침을 부풀리는 확성기, 햇빛 아래 쉽게 녹아버리는
침대, 빛 속에선 여간 주의를 기울이지 않으면 안 된다
어둠과는 다른 이곳 조그만 소리에도 몸을 감추어야 한
다 표정과 생각까지, 창문을 깨뜨리는 햇살, 구석으로 머
리를 밀어 넣지만 드러난 몸을 가릴 수는 없다 천천히 다
리를 접는다 등을 웅크리고 침대에서 굴러 떨어진다 주
위를 살피는 촉수 이제는 안심이다 벌레로 변한 것이다
빛 속으로 숨어드는,

# 하얀 외투

소매 속에서 나온 손목은 잠시 주위를 두리번거린다
차에서 내려 길을 찾으려는 듯 하얀 빛 속에서 물줄기처
럼 그는 갈라져 흘러간다 이곳저곳 고여 있는 의자의 그
림자에게 물어보기도 하며

그 길로 가지 않으면 어느 것도 해결되지 않는다 그 길
은 눈처럼 하얀 백지 속에 묻혀 있다 그는 빛나는 눈밭을
걸어다니다 돌아왔다 햇빛에게 보인 후 눈을 녹여 길을
찾으라는 것이었다 나는 그 길을 구겨서 던져버렸다 그
러나 그는 중얼거리는 것이었다 생각을 녹이는 법에 관
하여 햇빛 속 기웃거리며

# 잠

　포도당처럼 편안한 잠, 유리병에서 꺼내어 먹기도 떡
처럼 조금씩 떼어먹기도 하는,
　캐비닛이나 책상처럼 쭈그리고 앉은 얼굴들 저렇게 움
직이지 않으려면 얼마나 힘이 들까, 누군가 거짓말을 퍼
뜨렸는지도 모른다 포도당보다 빨리 퍼지는 약을, TV에
서 선전하는 비타민 같은 것들을,
　딱딱한 의자는 얼마나 불편한가 구름처럼 몸이 말랑말
랑할 때까지 푸욱 꿈을 꿔두어야 하는 것이다 캐비닛은
구름보다 튼튼하지 못하다

# 그의 건축

집을 짓고 있었다 공리라는 지붕을 걸치고 생각들을
이곳저곳 걸치고 있었는데 손만 놓으면 삐걱거린다 설
계도를 살짝 빼내어 온 것인데 고딕식의 지붕과 아치의
창을 낼 수가 없다 그 집은 작은 언어학 강의실용이었는
데 석재만으론 푸근한 느낌을 낼 수가 없다는 것이다 어
쨌든 옆으로 난 길이 있어 구경을 할 만은 했는데 19세기
의 도서관용으로는 실용적 디자인이었다는 것을 수긍해
야 한다는 것이다 빗방울처럼 떨어지는 생각들, 사회학
세미나실의 스피커는 매우 섬세하다 모든 소리들을 새
롭게 만들었다 지금까지도 그 음향은 사람들을 즐겁게
한다는 것이었는데 설계도를 베껴낸 건축사는,

# 메가마켓

옥상 위의 쥐들 비누조각을 쏠아먹지만 쉴 새 없이 살편다 일광욕이라도 즐기는 듯 시원한 하늘의 해변가 더없이 가벼운 지붕 위에서 주위는 고요하다 고양이의 그림자처럼 부풀어 오른 메가마켓 가을 들판엔 바람조차 스쳐가지 않는다 무엇을 보았는지 부드러운 고요를 밀고 낮잠 보다 좋은 것을 찾았는지 태연한 척 해도 머릿속은 엔진소리로 요란하다 기름통을 채워 넣은 포만감 벌써부터 꽁무니에선 검은 연기가 새어 나온다 요즘 들어 이곳은 부쩍 놈들의 배설물로 몸살이다

# 머리 속의 덫

   그들은 서로 잡아먹는다 하늘을 나는 바람이 조상이라
고 하지만 어둠을 좋아하는 그들, 수없이 껍질을 벗어 던
지고 햇빛에 적응할 수 있도록 진화해왔다 방사선과 가
로실의 완벽한 직조, 그물을 통해 바라보는 눈, 빌딩과
숲, 아스팔트에까지 숨어들어 더듬이실을 움켜쥔다 잠
복, 추적, 점액 사출, 최후의 공격은 엄니를 박아 넣는 것,
상대의 몸을 즙으로 녹여 빨아먹는다 몸부림칠수록 얽
어 매는 그물, 그러나 그들에게도 무서운 적이 있다 날개
를 가진 종족, 어떤 것은 신경을 마비시켜 나포한다 그들
은 머리 속 영혼을 먹힐 때까지 살아 있으면서 신선한 먹
이가 되어야 한다. 그러나 그런 최후를 믿지 않는다 아직
은 살아 움직이며 먹이를 나포하고 있으므로 돌무더기
속 썩은 나뭇잎 아래 숨어들어 탈피할 그날을 기다린다
그물로써 숲과 땅, 하늘, 모든 것을 가릴 때까지,

# 기다림 3


구름이 부풀어오르는 유리창 어젯밤 꿈에서 그는 보았
다 얼굴에 돋아나는 피, 핏자국, 새의 발자국 같은 환한
대낮 가로등은 불이 켜져 있지 않다 아무렇지도 않다 궁
금증처럼 벌어지는 일들, 새하얀 달, 누가 침을 뱉는다
새의 배가 부풀어오른다

삽질 소리가 들려온다, 구경꾼들이 모여 섰다 지금도
그는 땀을 흘리고 있다 아무도 나서지 않는다 삽질은 계
속 된다 어쩌면 아무런 일도 일어나지 않을지 모른다 창
밖의 저 오래된 삽질처럼,

아무것도 이 번쩍이는 공기 속에 집어넣지 못한다 생
각은 아무런 도움이 되지 못한다 앰뷸런스의 경적만이
기어다니는 깊은 잠의 오후, 몸을 채우는 잠과 햇빛, 모
두가 이 날씨에 감탄한다 수술대의 의사는 칼을 놓고 잠
에 빠진다 그의 입엔 구름이 걸려 있다 깃털처럼,

어디선가 들려오는 소문 하나,
보았다고도 하고 보지 않았다고도 하고 마을 어귀를
배회하는 그림자,

이곳 끝나지 않은 재판은 아직도 계속 되고 있다

# 쿠르트 게르시타인에 대한 추모
— 영원한 제국을 위하여

유태인 이주물자로 불리워진 살인가스 찌클론B에 희생된 의붓동
생의 복수를 위해 친위장교에 자원, 아우슈비츠를 폭로하나 서방세
계는 외면하고 종전되자 그는 프랑스군에 자수하고 스스로 목을 맨
다


중얼거리는 해
게으르게 솟아올라
금빛 몸을 흔든다
취한 무리들
입 맞춘다
긴 길 위에 엎드려


바람에 흔들릴 무렵이면 풀잎은 검게 변해 드러눕는다


사람들은 몰려든다
그러나 사라진다
빈 구멍을 빠져나가듯
땅 속으로 우중충한 구름 속으로 어둠 속으로

상부,
잿빛 구름 위의
볼 수도 만질 수도 들을 수도 없는

사내가 차를 몰아 질주했다
당국에선 정신이상으로 발표했고
모두는 입을 다물었다


불결한 공기지만 아이를 갖고
웅크릴 집들을 지으며
음식을 만드는 사람들

견딜 수 없는 자들은 살인을 한다. 거리에서 자위행위
를 하기도 한다

나무 뒤,
발 아래,
새의 눈빛 속에
숨겨져 있을 것만 같은

손,

몇은 탈출했다고도 하지만
실종되었다고 믿는 것이 옳다
성공했다면 이곳은 구출될 것이다
차단로 잠금장치 폐쇄회로 모든 시설, 시스템은 파괴
되어져버릴 것이다
그러나 이곳은 안전하다

섹스, 음주, 학술, 예술이 허용되어지지 않는 것은 아니
다
그러나,
접근하지 못한다
여기서,
삶에 대한 숙고 논의는 금지되었다

형이상 — 그것은 사이비이거나 마술,
은유와 상징 — 그것은 심적 기만, 유희에 불과한 것
모든 것이 곧, 거짓임이 밝혀질 거라며

맥주를 따르고 노래를 불렀다
우리는 세간의 화제가 된 베스트셀러를 이야기했고 여
자의 엉덩이에 관해 얘기를 나누다, 자리에 없는 친구의
욕을 해대기 시작했고
음담패설을 지껄이다 일어섰다

종교도 하나의 거래에 불과한 것
화폐를 건네고 안식을 맛보는, 즐기는

하수구에 널려 있는 검은 기름덩이 녹슨 깡통 화학섬
유의 쓰레기들,
여기서 할 수 있는 일이란
알콜에 취하는 것,
사디스트,
전기 철조망에 몸을 던져버리는 일,
신은 십자가 위에서 내려오지 않는다

어둠의 혀처럼 누워 있는 포장도로
검은 공기를 뚫고
시간을 지켜 와 닿는 열차,

여인은 아이를 달랬다
여행은 끝났다며

번번이 묵살 당한 누설,
누구도 믿으려들지 않고
서류철 깊숙이 넣어버렸지만,
어둠 속,
등을 겨누겠지만

드러날 것이다

시간이 그림자를 드리운다
산 끝,
펼쳐지는 노을
태양의 중얼거림은
잠들지 않는다

수런거리지만
분명한 건
누구도 여기서 한 걸음도 걸어나갈 수 없다는 것

사이렌 소리 울리지 않는
평온한 밤,
모두는 또 다시 이불을 끌어당긴다

Ⅱ

생일 선물로 사온 검은 피아노

# 하늘에 떠 있는 검은 의자

구름은 지느러미를 갖고 있다
반짝이는 비늘을 분홍색으로 물들이기도 한다

머리 속 무수히 부딪혀 파닥이는 물고기 떼
누가 물고기들을 물러 모은다

나는 비늘 하나 하나를 읽어나갔다 점괘를 찾듯
좋은 점괘를 떠올리기는 쉽지 않았다

금빛 물방울이 부딪히는 소리
지금 물고기는 피아노와 함께 연못을 만들고 있다

나는 물고기가 달아나지 않을까 공상을 했다
머리 속 물고기가 빠져나가지 못하도록

요란스런 빗방울들
누가 지금 물고기를 햇빛 속에 가두려는 것이다

## 마이드린 ; 신경안정제

그의 몸엔 화분이 하나 있다
태양이 젖지 않도록
구름을 넣어둔다
매일 그는 창가로 화분을 가져간다
깊은 계단을 올라
물론 사무실에도 가져간다
가끔 사람들 앞에서 그는
화분을 바라보듯 얘기한다
몸에 물을 주려는 듯
구름처럼,

# 생일 선물로 사온 검은 피아노

침대를 숨긴 피아노 속에는 아이의 울음소리가 난다 피아노는 하얀 먼지 속에 있다 아이는 하얀 나뭇가지 아래 놓았다 검은 피아노가 운반되어지고 유리로 된 덮개가 열리자 음악 속에서 하얀 손가락이 나왔다 피아노는 투명한 유리로 안이 들여다보였다 안은 또 유리로 되어 있고 하얀 꽃잎들이 손톱처럼 흩어져 반짝였다 흰 뼈들을 담아두는 서랍을 가진 건반, 그 집에 생일선물이 도착되었다

녹색의 유리 위에서 권투선수는 싸운다 12시의 물결이 출렁인다 지겨운 관중을 위해 종이 울리고 광고 동안 선수는 잠시 쉰다 발가락이 달그락거린다

하얀 나무가 사라지고 누가 바람처럼 기웃거리고 주소를 묻는다 아이는 피아노를 연다 빨간 천이 스르르 열리고 피아노의 침대 아래 아빠 엄마가 누워 있다 건반 위의 손가락이 붙어 있다 녹색의 눈동자가 열려 있다

# 뜨거운 스핑크스

　금빛 열쇠로 잠근 피라밋 그 속에서 피아노소리가 난다 도굴꾼이 문을 두드린다 사막의 문 앞에서 불을 켜고 문짝을 뜯어낸다 피라밋은 조용하다 태양이 뜯겨나간 하늘 자국, 이곳에 피라밋과 스핑크스는 없어야 했다고 소리친다 도굴꾼은 하얀 얼굴의 가면을 들고 가버렸다 스핑크스는 이제 발꿈치를 들고 다닌다 피아노의 뚜껑 아래 갇혀버린 피라밋, 발꿈치를 들고 다니는 이교도의 방엔 쓰다버린 손가락 몇 개와 정사면체의 미이라가 앉아 있다 태양을 머리에 인 채 돌아앉은 미이라는 옆얼굴에 앞에서 본 눈을 갖고 있다 도굴꾼은 영원한 눈동자에 남았다 옆얼굴과 앞에서 본 눈 억센 가슴과 돌아앉은 다리에 뜨거운 바람이 일고 모래언덕이 움직인다 피라밋은 이동을 하기 시작하는 것이다 뜨거운 발 아래 방울뱀의 무리 속,

# 컵 속의 낙타

컵 속의 물은 조용하다 고래도 없다
컵은 예전엔 모래였다 무수한 햇빛의 알갱이
태양이 몸을 띄워 올리던 연못,
컵 속에서 물은 무릎을 고여 앉았다
사막의 낙타처럼,
투명한 몸을 모락모락 들어올리는 햇살,
이제 낙타는 발을 감추어야 하는 것이다
햇빛 속으로

# 책상 위의 운석

햇살은 유리 위를 움직인다 무성한 나무로 빛나는 사막, 식욕을 찾은 여우처럼 화면 위를 기어다닌다 이것은 그의 사냥의 방식이다 빛의 화학작용, 그가 꿈을 꾸는 침대다

무성한 숫자의 꽃들, 머리를 찌르는 핀처럼 유리 위에서 반짝이다 사라진다 유리 위에 내린 뿌리는 투명하다 시들지 않는 꽃,

그의 눈엔 차양을 쳐 두었다 창 밖의 태양은 따갑다 태양은 유리의 사막 속에서 떠오른다 유리의 사막 뒤로 기운다 그가 가진 태양, 살아 있는 사막, 어쩌면 물방울이나 열매였을지도 모르는 몸, 0이나 1이 아닌 2 같은 숫자였는지도 모르는 일, 그는 0과 1의 침대 속에서 깨어나고 0과 1의 숫자 속에서 반짝이다 사라진다 차가운 오아시스의 태양, 그의 눈은 사막의 돌로 반짝인다

# 구름 2

길은 구름이 내어놓은 것, 길을 따라 걸었다 책은 구름이 적어놓은 것, 그의 몸을 잠깐 보여준 것이다

모두들 구름을 알고 있다고 했다 어떤 이는 구름을 가져 왔다며 손을 펴 보이기도 했다 듣기만 해도 설레는 구름, 물방울의 덩어리,

그녀는 물방울을 찾아다니는 게 걱정스러운지 소파에 드러누웠다 길게 구름처럼

탑(塔)들은 구름을 나타낸 것, 구름은 느리다 움직이지 않는다 모양만 바꿀 뿐, 언제나 구름은 그 자리에 있다

어젠 어디 가서 몸을 잠깐 숨기고 싶었다 구름을 찾아 갔던 것이다

구름에 관한 많은 이야기를 들었다 한 사내가 소나기에 젖은 듯 앉아 있었다 그는 구름이 소나기라고 말했다 구름은 취하지 않도록 집으로 데려다 주었고 그녀는 구름 같은 목소리로 문을 열어주었다 마을의 지붕엔 구름을 걸어둔다 언제나 쉽게 올라갈 수 있도록

길은 구름이 내어놓은 것, 나는 길을 따라 걷는다

# 두 시의 정원

잔디 위를 기어다니는 햇빛,
소리는 고양이처럼 잔디 위를 기어다녔다
햇빛을 받은 우물처럼
빛나다 고양이는 나무사이로 들어갔다

구름이 낮게 깔려
다니기엔 좋지 않은 날씨였지만
어디로 가버렸을까
도랑에도 없고 마른 풀 사이에도 없었다

텅 빈 정원,
누가 그곳에다 나무를 가꾸었을까?

## 잠자는 바다

  갈라진 바위 틈새를 기어다니는 부지런한 턱, 벌레들
은 태양을 먹고산다 소문도 이야기도 아닌 딱딱한 바위
와 으르렁거리는 파도, 양산 속에 들어앉은 작은 뼈는 아
이들이 파도에 묻힐까 팔을 흔든다 바다에 둥둥 떠다니
는 발걸음들, 집 앞길을 내달렸을 먼지주머니들 생각의
몸뚱이를 키우지만 아가미까지 비어있는 그들은 배가
고프다 빵 속에서 그리운 집을 떠올리는

# 하얀 정원

　노래까지 반죽되어 있는 죽, 칼로 자르지도 않은 먹이,
어둠이 오면 뼈를 부딪히며 몰려들 것이다 좋은 이웃을
만나기 위해 아닌 척 해도, 달콤한 아침 그릇마저 내팽개
친 채 그의 집은 사탕처럼 부풀어올랐으니 팔다리는 살
집이 붙었지만 잠으로 가득한 머리 나비처럼 장미향이
피어오른다 그들의 죽은 맛있다 당나귀의 엉덩이처럼
부풀어오른 머리 속의 죽을 어루만지는 그녀의 손도 아
침이면 피를 흘린다 붉은 꽃잎을 잠든 그의 머리 위에

## 쟁반 위의 여우

　머릿카락을 흔든다 불빛 아래를 기어다니는 눈빛, 뾰족한 이빨은 지금도 부지런히 부스러뜨려 먹고 있다 딱딱한 껍질과 잔뼈들을 접시 위에 뱉아내며 옷 속으로 기어들어 왔다가는 불빛 속으로 기어나간다 금빛 털로 뒤돌아보며 무엇을 가져갔을까?

　생각의 선분과 기둥들 사이를 기웃거리다 반짝 입에 물고 그림자 하나 쓰러뜨리지 않은 채 햇빛처럼 빠져나간!

# 木神의 초대

　나무로 짠 술통 속에서 가지는 익어간다 **뼈**를 녹이고
뿌리를 다져 오래된 마개로 눌러둔다 병 속에서 얼굴들
을 바라본다 기웃거리는 둥근 잔─달빛처럼 따루어져
익은 햇빛의 향기를 유리잔에 옮기는 손가락 끝의 액체,
바다와 바람과 관목의 즙을 섞어 익힌, 점잖은 눈들은 반
쯤 녹은 혀를 얌전하게 한다 많은 의식의 과정을 여과하
였으므로, 즐거운 거품을 따를 때까지 맛을 보면 떠올릴
것이다! 바쁜 포크와 재잘거림 풍성한 관악기의 모자 새
의 깃털처럼, 근엄한 의자 위의 기웃거림들,

# 아침

농한 과일처럼 바라보는
눈,
손은 과일을 움켜쥐었다
붓을 든 화가처럼,

과일은 먹히기 직전의
홍분으로 젖어 있다

햇빛은 단숨에 그
모든 것을 칠하여 완성해 내었다

잠에서 깨어난 눈과
우주의 농축,
그 정물을!

몇 개의 장치들을 치우고
단순한
싯구들로 빚은

간단하게

그림자를 지워내었다

그곳에서 아침까지는 채 1분도 되지 않았다,

# 交易

배가 닿는다, 상인들은 짐을 내려놓는다
그들은 오래 있지 않는다, 하루 낮 동안만 있는다

달의 색은 매일 다르다 안개 때문인지도 모른다

안개가 몸을 바꾸는
부두는 비어 있다
태양 아래 부려지는 느린 발자욱의 군상

원주민의 잠은 헛되지 않았다 가뿐한 몸으로 달려나간
다
나는 조금 전에 눈을 떴다
시계 종소리와 함께

부두를 바라본다

안개는 모든 것을 지운다
하루 낮 동안의 일과 물건 얼굴들
그리고
매일 바뀌는 달만 하늘에 띄워 놓는다

시간을 알리는 종처럼

# 코끼리의 무덤

내가 알고 있는 동굴, 코끼리는 매일 들판으로 나간다 동굴을 벗어나, 그것이 코끼리와 내가 다른 점이다 나는 동굴을 허공에다 만들어 놓았다 필요하면 막대로 동굴을 끌어내린다 탁자 위엔 언제나 바나나 껍질이 쌓여 있다 코끼리가 벗어놓은 옷들, 주렁주렁 열린 바나나와 햇빛, 언젠가 이 동굴의 신비가 드러나고 내가 본 숲은 흩어질 것이다 나의 동굴은 햇빛으로 뒤덮이고 숲을 감싼 나무와 바람처럼 허공에 나는 누워 있을 것이다 돌아가지 못한 저 잎사귀들처럼, 빛은 코끼리보다도 빨리 죽는다 코끼리가 걷고 난 뒤에야 코끼리는 사라진다 그제서야 사람들은 몰려가는 것이다 상아의 동굴 속으로, 훌륭한 코끼리는 천천히 움직이고 있다 지금도 오르내리는 사라진 짐승들의 이야기처럼, 나는 동굴을 햇빛 속에 넣어둘 것이다

# 고래의 등


태양의 울림처럼 기어다니는 곤충, 그림자는 달처럼 기운다 나는 짐승의 등에서 내렸다 자꾸만 몸에선 사람의 팔 다리가 솟아나려 했다 짐승은 으레 그곳에서 내려줄 줄 알았다 이 숲을 보게 하려했던 것인지 곤충들의 교향악이 몸을 울리게 했다 나는 그 고요함에 몸을 기울였다 나뭇가지처럼 기대어,

곤충이 되기까지는 얼마나 많은 시간의 껍질을 지나야 할까 달처럼 고요한 팔다리의 생각, 움직임의 명상을 지나기까지 洋과 뱀(蛇)의 길을 지나 저 단순한 움직임으로 넘나드는 숲의 곤충이 되기까지는…짐승의 몸에서 환히 내비치는 얼굴들의 졸음, 몸에서는 사람의 목소리가 꽃피듯 피어나고 달을 따라가던 조용한 그림자가 자꾸만 일어선다 사람들의 목소리에 귀를 기울이던 나는 되돌아 온 짐승의 등을 올라탔다 황급히 걸음을 옮기는 어두운 그림자를 따라

# 빈집의 기억

정원 가득 빈 집, 바람이 나무를 흔들고 햇빛이 널려있
었네 땅 밑에서는 뿌리들 흙을 다스리고 언제나 텅 비어
열려 있는 문, 수줍은 듯 마을길의 처녀, 지나치다 마주
치면 마른 물고기 같은 손을 내밀었네 출렁이는 나뭇잎,
눈웃음 짓는 다정한 이웃, 언제나 그 집 앞에서는 숙연해
졌네 불이 켜져 있지 않은 빈 집

편지 한 장 쓰지 못했네 별들이 쏠려 내려간 하늘
얼마나 건너기 어려운 물살이었는지

숨결을 쥐었다 놓는 무성한 가지, 손을 깔아 길을 만들
고 손을 쌓아 담을 올리네 무수히 떨어져 내렸을 잎사귀
들, 발아래 속삭였을 무수한 이야기들 두려워라, 돌아가
는 그 집 앞 밀려나오는 거센 숨결, 가지들 마구 손을 뻗
쳐 올리네 발정난 수컷처럼, 언젠가 이 마을을 떠나게는
되겠지만 바람에 흔들리는 나뭇가지 그가 보여준 기억
은 다시 나를 데려갈 것이네

# III

## 초대받지 않은 연극

# 구름과 뱀

뱀의 몸 속엔 꽃잎이 쌓여 있다 촬영을 하면 꽃무늬가
떠다닌다 매끈한 몸밖에까지 꽃잎은 그려져 있지 투명
하게 내비친, 구름처럼 움직이는 물방울 따끔한 이를 가
진 독,

　　　　겹겹의 꽃잎으로 환영이네
　　　　겹겹의 꽃잎처럼 나의 몸

입맞추면 뱀은 아름다운 이를 혀 속 깊이 찔러 넣는다
아름다운 꽃잎을 온몸 가득 퍼뜨리기 위하여

# 초대받지 않은 연극

나무로 만든 작은 문을 열자 커피가 배달되었다 분홍
색으로 만든 간판을 붙여둔 집, 사람들의 등뒤엔 앉아 있
던 색깔이 있다 그림자처럼 길게 늘인 옷자락, 플라스틱
애인은 지금 성인용품 집에 진열되어 있다

손톱이 창문을 가린다 몇 개의 구두들이 시계처럼 반
짝이며 지나갔다 담배를 피웠다 구름이 빨갛게 물들었
다 하얀 플라스틱 불빛 속 빗방울이 떨어진다 분홍색 지
붕, 그 극장의 이름은 구름이었다

## 모노크롬 / 구름

　네모 난 탁자에 턱을 얹어놓았다 투명한 손톱이 담긴
술잔, 접시 위에 빨간 사과가 잘려 있다 파란 껍질 같은
소문, 목이 긴 달, 밤새도록 유리창에 앉아 있다

　오이 같은 얼굴 하나 오르가슴에 젖은 손가락이 얼음
조각을 집는다 의자가 녹고 달이 녹아 내린다 나무인형
이 유리창을 닦는다

　이 화면의 빛을 무엇으로 해야할까, 이제부터 생각해
보아야겠다 작업도 거의 마무리 단계다 노란 플랜카드
를 걸거나 검은 피켓을 들고 있거나, 표지는 붉은 색으로
해야겠다

# 숙주

　유리건물 속엔 계단이 있다 혈액이 빠져나간 주차권과 카드, 지구 깊숙이 꽂힌 녹색의 유리건물 흰 손가락엔 녹색의 혈관으로 가득하다 푸른 정액, 녹색의 접시

　유리건물을 깨뜨릴 곤충은 날아오지 않는다 녹색의 정원에는 녹색의 슬픔이 내려 쬔다 푸른 눈 속엔 UFO가 날고 있다 유리건물 아래 녹색의 신사가 녹색의 어깨를 웅크리고 걸어간다 손에는 녹색의 책이 들려 있다

# 禁書

책은 네모난 육체, 육면체의 태양, 그곳을 펼쳐보았다
오늘의 목차, 메뉴 같은, 나무를 올라간 뱀, 책 속엔 사다
리가 나와 있다

바람이 읽다만 숲, 총소리가 났다 빨간 뱀이 기어 나온
다 빨간 분노, 씨앗을 숨긴 창 밖, 까만 사과가 자라난다

빨간 주사기의 질소나 산소 같은, 책 속엔 무기가 숨겨
져 있다 누가 그 책을 산다 탁자가 펼쳐지고 비어 있는
계산대 태양은 펼치면 언제나 빛이 났다

# 장미와 피라밋

뚜껑을 잘라낸 피라밋 속엔 환히 전등이 켜져 있다 두
개의 다른 머리가 장례의 절차에 관한 얘기를 나눈다 이
미 무너져버린 푸른 탑에 관한 이야기와 함께 황금의 관
은 아직 채 잠들지 않았다 피라밋은 그의 목에 걸려 있다
위대한 석재를 움직이던 채찍은 햇빛 속에 버려져 있다
움직일 때마다 삐걱이는 피라밋 석재의 조각들이 머리
속 가득 박혀 있다 캡슐을 밀어 넣는 황금의 관은 눈이
따갑다 목에 걸린 피라밋 사막의 지평선과 하늘 아래 피
라밋은 놓여 있다 황금의 관 밖 피라밋은 햇빛으로 빛나
지만 두 개의 머리와 뱀의 혓조각이 황금의 관 위에서 움
직인다 황금의 관에는 장미가 피어 있다 그는 조금도 자
리를 뜨지 못한다 두 개의 혀를 가진 뱀이 장미를 노려보
고 있다 피라밋의 울음소리 피라밋의 머리 속을 뱀처럼
휘저어 내는 바람의 울음소리 두꺼운 발은 땅을 딛지 않
는다 온 세상을 딛고도 남을 사이즈의 황금의 발바닥 누
구도 황금의 관이 일어서는 것을 보지 못했다 도둑들이
기웃거리는 금빛 사막 속에서 다시 깨어나지 않을 영원
의 시간 황금의 관은 장미를 가슴에 쥐고 있다

# 달 속의 두 개의 눈

달빛 속엔 여우의 울음소리가 난다 술을 마시는 건 달의 울음소리 때문이다 그는 발이 두 개다 한없이 다른 쪽으로 나아가려 하는 발, 여우가 기워놓은 구두를 신었는지도 모른다

무거운 달이 떠오른다 수만 마리 여우의 울음이 뒤엉킨 달의 무덤 누가 달을 두드린다 얼굴 속의 두 개의 눈, 그는 눈을 가만히 무덤 속에 옮겨 묻는다

여우가 여우를 잡아먹었다 이후로 여우의 울음소리가 들리지 않았다 나는 달 속을 걸어 나왔다

달에는 우주선의 흔적이 있다 달에는 그보다도 더욱 뚜렷한 여우의 흔적이 있다 여우와 이야기를 하는 나는 밤하늘을 찢는 달의 울음소리를 두려워하지 않는다 여우는 흰여우에게 눈을 빼앗겼다 팔과 몸을 움직여 고요히 춤을 추는 하얀 달빛 밤새도록 춤을 추다 산 속으로 숨어드는 달

마을 사람들은 여우를 잡겠다고 밤늦은 언덕 바위에 다가와서 물었다 몸 속의 여우는 달아나고 없는 나에게 웅성거리다 사람들은 돌아갔다 밤늦은 이슬비 속 바위 위에 꼬리를 얹어 둔 여우의 눈빛에는 눈물이 돌았다

얼굴 속의 두 개의 눈, 나는 두 눈을 달 속에다 묻었다

# 달의 연인

그녀는 달의 뒤편에 산다 달의 뒤편에 있는 그녀는 얼굴이 보이지 않는다 물론 목소리도 들리지 않는다. 처음 닐 암스트롱이 달을 향해 갈 때 하얀 빛 하나가 지키고 있었다 그 빛은 달을 걸을 때에도 머리 위에 있었다 나는 그 빛이 무엇인지 알고 있다 달에는 물이 없다 분화구 깊은 곳엔 모르지만 그녀가 사는 곳엔 물이 없다 그녀는 우산을 쓰지만 그건 성가신 햇빛을 가리기 위한 파라솔, 황량한 달에서 그녀는 모래처럼 말라 있다 얼굴도 손가락도, 그녀는 광대뼈와 치아만 드러난 미이라다 하지만 수천 년 전 이집트의 왕비도 칠흑 같은 머리칼을 지닌 미인이었던 것, 밤하늘을 수놓은 그녀의 머릿카락은 하얀 백발이다 하지만 그 빛이 병든 그녀의 머릿카락에서 새어나온 것인지는 누구도 모른다 어느 칠월 칠석의 하루 전 깜깜한 밤하늘을 가로질러 우주선 하나가 날아 갈 것이다

## 골다공증 걸린 여자

부스스한 하늘 아래 달이 뜬다 달에 전화를 건 적이 있다 밤새도록 전화를 들고 은하수 저편 너머로 보이지 않는 목소리를 향해, 달은 점점 부풀어오르다 잠들었다 달 속엔 외로운 집이 있다 낡은 얼굴처럼 푸석푸석한 집, 달은 예전에 지구에서 살았다 그런데 언제부터인가 나비처럼 밤하늘로 올라간 것이다 달은 지금 아프다 달의 뒤쪽에서 상처난 달을 보고 있으면 누군가 사다리를 타고 올라가 밤새도록 달을 수선하고 있다 달은 지금 아프다

# 달과 오렌지

뜨거운 유리창 아래 전화기는 종일 떠드는 햇살을 통역한다
가끔 그는 책상 위에 머리를 얹어두고 사무실을 나선다

담쟁이덩굴처럼 기어다니는 달빛, 그녀의 심술, 달빛
은 장미의 가시가 있다 감기 걸린 앵무새, 깨소금 맛! 창
문에 금빛 목이 걸려 있다 화장이 흘러내리는 달빛 깔깔
거리며 쫓아다니는 미운 달빛, 아프다고 끙끙대는 달빛
이제는 분화구만 가득 널려 있는 달빛 가까이 가보면 까
맣게 죽어 있는 달이지만 푸른 벌레처럼 가끔 나무잎사
귀를 기어다니는
어디선가 달빛 걸어오는 소리 나뭇잎 흔들리는 소리

책상 위 그의 머리 속엔 붉은 오렌지빛 상처가 반짝이고 있
다

# 그의 향연

나비처럼 날아다니는 덩굴 속, 깨어난 놈들은 먹다 남은 식탁에서 서둘러 빠져나간다

사내는 음식을 떠 넣는다 저 삐그덕거리는 팔, 관절은 푸석푸석 먼지가 난다 의자 위에서 사내는 달처럼 하얗게 빛난다 태양이 의자 뒤에서 딱딱한 꽃잎으로 조각조각 떨어져 내린다 벌써 머릿카락엔 낙엽이 지고 있다 게으르게 기어 나온 손가락이 접시 위의 흔적들을 닦아 낸다 알약처럼 녹아 내리는 생각

머리 위의 두 손은 날아가지 않는다 뚜벅뚜벅 잠 속으로 걸어가는 발, 쟁반 위의 머리는 꿈을 꾼다 금빛으로 물든 햇빛이 만든 누드! 한 잎 담쟁이덩굴의 잎사귀로 돋아나게 했던 생각, 그는 너무 오랫동안 담쟁이를 바라보고 있었다 푸른 생각을 만들어 내는 정원, 놈들이 헤엄치다 사라진 접시들이 잠에서 깨어난다 사내는 탁자 위에 얼굴을 올려놓는다 먹다 남은 조미료의 향이 날리면, 햇빛 속으로

熱愛


나무의 껍질이 기어간다
꽃무늬처럼, 뱀은
나무를 놀라게 하지 않는다

나무 위를 기어가듯 달은
지구 위를 기어간다
과일처럼 지구는 익어간다

달이 뜨면 나무는 오르가슴이다

# 나무

　머리 속엔 한 웅큼의 흙덩이가 담겨 있다 나무의 뿌리
가득한, 햇빛과 공기와 구름의 습관을 담은 흙, 머리는
흙을 섞는다
　머리 속을 떠다니는 나무,

　햇빛에 몸을 심는다 혈관 속의 생각은 가지를 흘러 잎
을 만들뿐이다 나무의 말은 반짝임 또는 잎 뒤의 그늘,
　나무는 햇빛의 모양으로 자라난다

# 갈대의 생각


어디서인지 짐을 옮기는 소리 금빛 햇살 속에 그의 키
는 어느새 저렇게 커져 있다 가을은 씨앗처럼 부풀어올
라 단단하다 이곳 마을은 가을에 빠졌다 차들은 벌써 남
쪽으로 달린다 바람과 함께 그림자를 끌고 따뜻한 햇살
은 마지막 열매처럼 떨어져 뒹군다 하늘 깊이 솟아오른
목, 발을 젖게 하는 건 생각일 뿐이라고, 하지만 뒤집어
도 뒤집어도 마음은 바뀌지 않는다 이 아침 마을은 차표
를 구하는 사람들로 분주하다

# 녹색의 정원

　몇 개의 얼굴이 교차되어 나타난다 영화에선 오버랩이라고 한다 그 모든 인연들이 한 자리에 모여들어 무엇인가 결정하려는 듯 이제야 액자를 내려놓는다 벽 위에 걸린 식탁, 그들은 이제 편하다 햇빛 속에 내걸리지 못한 꽃송이와 꽃병들 나는 금빛 구두를 햇빛 속에 넣는다 공중에 걸어둔 정원을 물들이던 푸른 햇빛, 아내는 그 정원을 질투했다 나는 싼값에 그 정원을 구입했다 본래 그 정원은 어느 미술가의 것이었다 오랫도록 품고 있었던 미술가 나는 거세를 했다 아내는 달빛 아래 걸어가고 비행물체처럼 내려앉은 하얀 꽃잎, 나는 고양이처럼 다가갔다 흰 꽃잎으로 몸을 가린 알고 보니 녹색의 정원이었었다

# 花園

왜냐하면, 그는 코드를 꽂지 않는다 여기저기 무서운 소리들이 새어난다 방음이 되지 않은 구석구석 죽은 꽃잎들의 신음소리, 소음들이 소문처럼 움직여 교배한다

누가 코드를 꽂으라고 했다 소문난 비디오와 악랄한 음들을 풀어놓으라고 한다 하지만 코드를 갖고 있지 않다 철물점엔 비아그라처럼 강력한 코드가 있다지만, 탄탄하게 당겨진 코드와 활시위 같은…욕망이 벽과 문틈 사이를 겨냥하는

그는, 그의 방에 있다 양 한 마리와 들을 거닐며 물줄기를 옮겨 꽃들의 입술을 적신다 세탁기를 돌리기 위해서라도 코드를 사오라고 하지만 하얗게 피어난 외로움 그의 몸에선 냄새조차 나지 않는다, 이미 그는 꽃이 된지 오래다

# 戀人의 잔

    녹색의 사내가 잔을 권한다 붉은 옷의 노인이 말머리를 돌린다 긴 식탁에 차려진 이야기 누가 외로움의 칼을 숨겨 놓았는지 그러나 알고 있다 피와 살로 채워진 그릇, 식탁의 비밀이 추억의 동굴 속으로 옮겨지고 곧 무서운 논쟁이 일어날 것이다 최후의 잔을 집어든,

    그는 외로움을 한 송이 들고 있다 뿌리는 아직 마르지도 않았다 어디서 캐내어 왔는지 아무 것도 모르는 그가 천진하게 웃고 서 있다 벌써 번지는 푸른 반점, 하얗게 웃고 있는 손아귀의 꽃, 붉은 기운이 감돌고 있다

# 극장

우연히 길이 끝난 곳에서 만난 행인 하나, 돌아갈 것인
가 그는 돌아갈 것인가……다행이다 길이 먼저 끝나 주
었으니,

낙엽은 코메디안, 애인이 있었다 본네트의 반짝이는 엔진,
태양을 띄워 올리던, 코메디안은 반짝이는 구두와 외투도 있
었다 햇빛을 받아두었던 물감, 한때는 훌륭한 페인트공이기도
했던, 햇빛이 움직일 때마다 날렵하게 움직이던 붓, 코메디안
은 구두를 나뭇가지에 걸어두었다 코메디안의 비극, 태양을
띄워 올리던 나뭇잎을

# 여우의 잠

햇빛이 헛간에 닿았다
불이 붙은 노란 금불

대문이 열리고 금불은
걸어나갔다

나무는 바이올린을 켠다

추억의 한 컷처럼
총소리가 울리고

여우의 눈물, 감기!
금빛 꽃잎을 모았지만

우울한 포장지 속의 장미,
나무의 잠은 깨어날 줄 모른다

관이 운반되어지고
누가 악기를 분다

목 긴 관을 따라 물방울들 눈빛에 고인다
한가한 누군가 모두를 이곳에 초대하였다

# 구름 속의 기차

기차는 종일 하늘과 숲을 바라본다
나는 이제 편지를 쓰지 않는다

가는 파이프 같은 열이 기차에 연결되어지고
기차는 **딱딱하게** 생각을 식힌다

구름 아랜 나무가 모두 **뽑혀** 있다
그들은 어디론가 끌려가서 처형되었을 것이다

노란 사각형으로 서 있는 정류소
이곳에는 미로를 건설하고 있다

그는 얼음처럼 녹고 있다
햇빛 아래 반짝이기도 하다가

형형색색의 생각들을 피워내기도 하다가
녹지 않으려 거짓말을 하기도 하다가

그만 생각에 금이 가고 만다
기차는 상상 속에다 몸을 얼려두었던 것이다

나는 지금
역에 닿아 있지 않다

# 기다림

   금빛 날개를 부비는 건물들, 비는 오지 않는다 착시 현상을 일으켰었다 비가 내리지 않는 사막, 꿈을 꾸고 있었던 것이다 풍화된 몸, 마을은 왜 반짝이는가 금빛 물결인 듯한 마르지 않는 사막 이 아침 나는 잠시 비에 젖고 있었던 것이다 귓속 가득 고인 물, 이제는 병원에 가야 한다 이곳은 비가 오지 않는다 그리고 나는 이미 모든 관계를 인식하지 못한다…몸에서 찰랑이는 소리가 흘러나오고, 비는 다시 내리지 않을 것이다

# 그림자 시학
## ―변의수의 시세계

구 모 룡(문학평론가 · 한국해양대 교수)

    변의수의 시는 난해하다. 소위 난해시에 해당한다. 이
해의 경로에 장벽을 놓는 그는, 타인과 나누는 소통을 강
조하지 않는다. 그에게 시는 타인과의 소통 이전의 자기
문제이다. 말할 것도 없이 자기 문제에서 출발하지 않는
시쓰기도 없다. 자기 표현은 시의 가장 일반적인 생산 원
리이다. 개인의 감정, 정서, 감각, 의식 등이 시작의 근거
가 되기 때문이다. 그런데 자기를 표현한다고 하여 난해
시가 유발되는 것은 아니다. 자기라는 구체를 통하여 타
자와 공유하는 감정, 정서, 감각, 의식의 지평을 만들 수
있는 길은 다양하기 때문이다. 난해시는 타자와의 공유
영역이 소실되면서 자기만의 경험 유형에 한정될 때 유
발된다. 다시 말해서 시가 자기 문제 탐구에 고착되는 경
우에 나타난다. 그런데 이러한 고착은 대체로 자기 해방
을 최우선의 과제로 생각하는 태도와 무관하지 않다. 자
기 해방을 지향하는 시인의 입장이 자기 고착을 유발하
는 이중 구조 안에서 난해시는 요동한다. 이는 자기를 탐

구하는 일이 지닌 재귀적 특성에 상응하는 현상이다.

읽히기를 거부하는 시를 이해하려는 노력은 힘겹다. 또한 해석자에게 의식과 경험의 사인성(私人性)을 온전하게 설명해야 할 의무가 있는 것도 아니다. 아울러 한 시인의 고독한 내면탐구를 개성과 새로움을 들어 미적 척도로 삼을 이유도 없다. 이러한 까닭에 변의수의 시는 내게 쉽게 다가오지 않는다. 하지만 그가 제시하고 있는 대강의 시적 의도와 전략을 설명할 수는 있다. 그는 존재의 심리적 자유를 얻고자 한다. 마땅히 이러한 과정에 현실의 억압은 클 것이다. 가위눌린 꿈을 꾸기도 하고 꿈으로 억압을 승화하기도 한다. 억압된 것들은 서로 다른 많은 이미지와 상징들로 대체되거나 전이된다. 그의 시는 내면의 자유를 구가하기 위하여 동원된 은유이다. 이러한 점에서 나는 그의 시세계를 '그림자 시학'이라 규정한다.

내가 껴입은 낮의 육체는 의자에 걸려 있다 텅 빈 가슴
을 벌린 채,
무슨 말을 하려는 것일까
저 집요한 침묵!

이제 육체는 내려오고 싶은지도 모른다 오랫동안 매달
려 있었으니…
—「십자가」 부분

이 시는 이번 시집에서 가장 처음 실려 있는 시이다. 그 의미가 쉽게 와 닿는 것은 아니나, 낮의 세계에 결박된 육체로부터 벗어나 자유를 찾고 싶다는 갈망이 읽힌다. 낮 혹은 십자가는 초자아에 상응하는 비유이다. 이성의 논리와 금욕의 강제에서 놓여나 욕망을 풀어놓고자 한다. 의식 아래 무의식의 지평을 열고자 하는 것이다. 이래서 변의수의 시는 초자아의 뚜껑이 열린 상태에서 분출하는 무의식을 그린다. 이는 프로이트주의를 생각하게 하는 다음의 시에서 더욱 분명해진다.

나무에 구멍을 내었다/구멍에다 속삭였다 나무판자 속의 눈,/뒤엉킨 그림자/나무의 구멍에다 속삭였으니,//사각형의 육체 속에/들어 있는 저/표정,/난 딱딱한 육체를 뜯어내어 외출을 한다/판자처럼 뜯겨나간 껍질,/어긋난 생각의 칫수//머리 한켠을 깎았다/빨간 모자가 흘러내린다//꿈을 꾸는 동안 그림자는 줄어든다/나무에 매달려,//비명도 지를 수 없는 사이/대패질이 한 쪽 눈을 깎아버렸다//이 어긋난 머리를 가만 둘 순 없는 것이다//그림자를 가진/나무인형의 대가!

—「우울한 劇」 전문

나무와 육체를 외적 페르조나 혹은 사회적 자아라고 생각한다면 그것을 뚫고 나오는 것은 욕망 혹은 그림자라 할 수 있을 것이다. 그러니 "꿈을 꾸는 동안 그림자는 줄어든다". 그림자를 가진 존재이므로 자아는 항상 어긋

날 수밖에 없다. 자아 분열과 통제는 반복된다. 의식과 무의식, 자아와 그림자가 통합된 자기를 성취하는 일은 쉽지 않다. 그래서 나무인형의 '우울한 극'처럼 항상적인 안정을 얻지 못한다.

변의수의 시는 앞서 인용한 시에서 보이듯이 '극적인 과정'을 선호한다. 이는 자아를 개인과 사회, 의식과 무의식이라는 무대에 서 있는 배우처럼 그리고 있기 때문이다. 정신분석이 내러티브를 지닌 과정이듯이 자아의 드라마가 극적 내러티브를 갖는 것은 당연하다. 초자아와 자아와 욕망, 의식과 무의식은 한 지붕 안에 기거하는 자아의 여러 모습들이다. 이들이 만드는 드라마는 억제, 일탈, 퇴행, 콤플렉스, 분열, 공격, 방어, 꿈, 승화 등 다양한 심리기제의 조합으로 형성된다.

아무도 근접하지 않는 새벽, 빈집이 서 있었다 유령선처럼 나타난, 부근의 건물들은 콘크리트가 채워지지도 않은 채 지퍼를 잠그지도 못하고, 풀 섶 길옆으로 누군가 교회 문을 들어서고 있었다 하지만 사람들은 동굴을 파러 버스를 타야 했다 헐레벌떡 토큰을 쥔 채, 구름이 떠다니는 종유석 동굴은 따뜻하다 모두가 집으로 돌아가는 저녁, 나는 그 집 문을 열어볼 참이었다 동굴이 어디쯤 나 있는지 부르렁거리는 굉음소리를 고래의 뱃속을 들여다보듯 불꺼진 집을.//며칠 째 연결되지 않는 컴퓨터, 사람들은 엉덩이를 붙이고 있지도 못한다 수화기를 들었다가 놓았다가 동굴을 바라보는 나의 표정에 숨이 막힐 지경인지

문서를 지웠다간 고쳐 쓰고 고요한 전화벨 소리…동굴 속
에서는 아무런 소식이 없다

　　　　　　　　　　　　　　　　　　—「동굴」 전문


이 시에서 퇴행의 심리기제를 찾기는 그리 어렵지 않
다. 주어진 정황에서 교회는 초자아의 위치에 있음에 틀
림이 없다. 사람들은 그곳을 피하여 자궁 같은 동굴을 향
한다. 빈집이나 고래 뱃속은 모두 동굴의 이미지에 상응
하는 것이다. 그러나 현실 논리에서 따뜻한 동굴에 대한
의식, 무의식적 경사는 퇴행에 해당한다. 2연이 말하듯
퇴행의 욕구는 현실의 동요를 필연적으로 수반한다. 마
침내 현실의 전화벨 소리가 내면의 호소를 누르게 된다.


　나뭇가지에 새의 날개가 묶여 있다 가는 다리를 늘어뜨
린 채, 사진엔 무성한 나뭇가지만 찍혀 나왔다//햇빛 아래
나와 앉아 있는 나무,/손으로 받쳐 든 머리는 흙 속의 뿌
리로 뒤엉켰다/사람들은 누구도 그 헛것을 알아보지 못하
는 듯 했다/구두를 신은 나무,

　　　　　　　　　　　　　　　　　　—「나무액자」 부분


　나뭇가지에 묶인 새의 이미지가 지니는 일차적인 기의
는 비상의 좌절이다. 하지만 현실 이미지인 사진에 찍히
는 것은 무성한 나뭇가지다. 그런데 이 시의 화자는 흙
속의 뿌리에 뒤엉킨 머리를 보고 있다. 메두사의 형상을
닮은 이것은 자아의 거세 콤플렉스를 반영하고 있음에

틀림이 없다. 날지 못하는 새와 마찬가지로 뿌리로 뒤엉킨 나무의 머리도 욕망의 좌절을 나타내는 등가물이 된다. '구두를 신은 나무'가 의미하듯「우울한 극」과 마찬가지로 이 시 또한 나무를 사람의 비유로 차용하고 있다. 이처럼 변의수는 무엇보다 그림자의 문제에 집중한다. 궁극적인 자유를 지향하기 때문일 터이지만 그 변주가 매우 다양하다.

(1) 나무처럼 자라난 그림자/누군가 남겨둔 흔적처럼

— 「指紋」 부분

(2) 그림자는 새처럼 가만 있다 먹이를 바라볼 뿐이다/누군가 자리를 뜨면 부리로 가볍게 삼킬 것이다/한 무더기 음식처럼 놓여 있는 전투 전의 기다림 같은/짤막한 시간,/어느새 시간은 저만큼 그림자를 뛰어넘어 가 있다/잘 참고 견디는 그림자를 보라!

— 「흑백사진」 부분

(3) 지쳐 있어 그는 충분히 짊어질 수 없다 건널목을 내달리지만 빈 바닥만 남아 있는 아침, 벗어둔 그림자가 있지나 않은지 뒤적이지만 그는 아무 것도 하지 않고 있다 누가 문을 열고 들어서면 블라인드를 슬쩍 잡아당긴다 그림자는 날지 못한다 유리창을 빠져나갈 수는 더욱 없다

— 「두 개의 붉은 해」 부분

(4) 태양이 마른 해골처럼 빛나는 하얀 밤//온 몸에 성기
가 달린 붉은 눈을 가진/해골을 갉아먹는 진흙 속의 게/두
개골과 갈비뼈 속을 기어다니고 있다

— 「낮 속의 낮」 부분

(1)처럼 그림자는 자란다. 이를 욕망의 증식을 의미하
는 것으로 받아들여도 될 것이다. 이러한 의미는 (2)에서
보다 확연해진다. 그것은 흑백사진이나 음화처럼 현실
의 이면에 잠복하면서 활동을 멈추지 않는다. 하지만 이
것은 (3)처럼 아침의 논리, 현실 원칙에 의해 규제되고 억
압당한다. 그림자는 밤의 논리, 욕망 원칙에 충실하다.
낮의 세계에서 이것은 왜곡될 수밖에 없다. 일식의 상황
을 암시하고 있는 (4)에서 그림자의 왜곡을 볼 수 있다.
밤과 낮이 섞인 일식의 상황에서 콤플렉스나 착종이 노
출된다. '온 몸에 성기가 달린 붉은 눈을 가진/해골을 갉
아먹는 진흙 속의 게'는 콤플렉스의 복합적 이미지에 상
응한다.
잠 속의 꿈은 그림자가 가장 적극적으로 표출되는 것
이다. 환각 현상은 낮에 나타나는 그림자의 모습이라 할
수 있다. 나아가 백일몽의 자유도 잠 속의 꿈에 못지 않
을 것 같다. 가장 끔찍한 상황은 밤 없고 잠 없이 꿈을 꾸
는 것이라 하겠다. 아울러 진정한 자유는 꿈도 백일몽도
아닌 몽상이 아닌가 한다. 그 무엇에 구속되지 않은 상상
력의 자유야말로 진정한 자유를 가져다주는 것이 아닐
까? 변의수의 시에서 꿈, 환각, 백일몽, 몽상 등은 다양한

양상으로 나타난다. 백일몽과 몽상은 그림자에 사로잡혀 있는 그의 시세계를 확장하는 계기가 된다. 나로서는 몽상의 세계가 주는 시적 자유를 강조하고 싶다. 이로부터 자아에 사로잡혀 좁혀진 시세계를 타자와 사물로 열어갈 수 있을 것이기 때문이다. 가령 다음과 같은 시에 나타나는 물질적 상상력이 주목된다.

> 컵 속의 물은 조용하다 고래도 없다//컵은 예전엔 모래였다 무수한 햇빛의 알갱이/태양이 몸을 띄워 올리던 연못,//컵 속에서 물은 무릎을 고여 앉았다/사막의 낙타처럼,//투명한 몸을 모락모락 들어올리는 햇살/이제 낙타는 하늘에서 발을 감추어야 하는 것이다/햇빛 속으로
>
> ──「컵 속의 낙타」 전문

이 시에서 그림자 시학의 흔적은 '고래'와 '낙타'라 할 수 있다. 하지만 이를 두고 이 시를 그림자 시학의 연장선에서 읽을 이유를 나는 느끼지 않는다. 무엇보다 이 시에서 모래와 유리, 물과 햇살 등이 투명하게 왕래하는 물질적 상상력이 돋보인다. 특히 "컵은 예전엔 모래였다 무수한 햇빛의 알갱이"라는 구절은 시적 표현의 백미이다. 이래서 욕망과 무의식의 그림자에 구속된 자아로부터 벗어나 상상력의 자유를 구가하는 데서 오히려 시적 성취가 도드라진다. 시인은 그림자 시학이 그의 성실성을 담보하는 것이라고 생각할 수 있다. 그러나 이는 개인적 차원의 진실에 불과하다. 시인 또한 그에게 주어진 자

유를 새로운 미학주의로 나아가는 계기로 삼는 시적 전략을 열어둔다. 유아론적(唯我論的) 자기 탐구가 미학주의로 발전할 소지는 충분하다.

　잔디 위를 기어다니는 햇빛/소리는 고양이처럼 잔디
　위를 기어다녔다/햇빛을 받은 우물처럼/빛나다 고양이는
　나무사이로 들어갔다
— 「두시의 정원」 부분

　백일몽이 밤의 꿈보다 자유로운 것은 둘 사이의 구속력의 차이에 기인한다. 낮의 꿈 혹은 몽상의 세계는 인용시처럼 경쾌하다. 이 시에서 잔디 위의 햇빛과 소리 그리고 햇빛을 받은 우물과 고양이는 서로 전이되면서 공감각을 형성한다.

　나무로 짠 술통 속에서 가지는 익어간다 뼈를 녹이고
　뿌리를 다져 오래된 마개로 눌러둔다 병 속에서 얼굴들을
　바라본다 기웃거리는 둥근 잔—달빛처럼 따루어져 익은
　햇빛의 향기를 유리잔에 옮기는 손가락 끝의 액체, 바다
　와 바람과 관목의 즙을 섞어 익힌, 젊잖은 눈들은 반쯤 녹
　은 혀를 얌전하게 한다 많은 의식의 과정을 여과하였으므
　로, 즐거운 거품을 따를 때까지 맛을 보면 떠올릴 것이다!
　바쁜 포크와 재잘거림 풍성한 관악기의 모자 새의 깃털처
　럼, 근엄한 의자 위의 기웃거림들,
— 「木神의 초대」 전문

이 시에서 그림자의 흔적들은 거의 지워져 있다. 즉 맺힘 없이 자유로운 상상력의 전개와 만날 수 있다. 그런데 이러한 상상력은 잘 익은 포도주처럼 존재의 숙성에서 비롯한다. 이러한 점에서 "많은 의식의 과정을 여과하였으므로, 즐거운 거품을 따를 때까지"라는 표현이 의미심장하다. 이 구절에서 '의식의 과정'은 중의(重意)로 해석할 수 있을 것이다. 그 하나는 술의 숙성 과정이고 다른 하나는 자아 의식의 성숙 과정이다. 깊은 맛과 깃털 같은 가벼움은 자아의 구속에서 놓여나 몽상의 세계를 유영하는 존재에 의해 성취된다. 콤플렉스 없는 욕망은 아름답다. 이것은 상상처럼 자유롭다. 하지만 욕망은 결핍의 다른 이름이다. 이것의 자유는 결핍이 채워지는 순간에 불과하다. 이래서 욕망의 자유는 단속적 이지만 상상력의 자유는 지속적이다.

뱀의 몸 속엔 꽃잎이 쌓여 있다 촬영을 하면 꽃무늬가 떠다닌다 매끈한 몸밖에까지 꽃잎은 그려져있지 투명하게 내비친, 구름처럼 움직이는 물방울 따끔한 이를 가진 독,//겹겹의 꽃잎으로 환영이네/겹겹의 꽃잎처럼 나의 몸//입맞추면 뱀은 아름다운 이를 혀 속 깊이 찔러 넣는다 아름다운 꽃잎을 온 몸 가득 퍼뜨리기 위하여
                                          ―「구름과 뱀」 전문

나무의 껍질이 기어간다/꽃무늬처럼, 뱀은/나무를 놀라게 하지 않는다//나무 위를 기어가듯 달은/지구 위를

기어간다/과일처럼 지구는 익어간다//달이 뜨면 나무는
오르가즘이다

　　　　　　　　　　　　　　　—「熱愛」전문

　이처럼 억압과 구속이 없는 욕망은 아름답다. 극단의
에로스는 죽음에 이르는 것. 이처럼 변의수는 리비도의
아름다움을 그린다. 이 또한 승화의 산물이다. 그의 그림
자 시학은 그림자에 대한 탐구에서 시작하여 상상력의
자유와 해방된 욕망을 실험한다. 모두 존재를 열고 자유
의 지평으로 나아가기 위한 것이다.

　어디서인지 집을 옮기는 소리 금빛 햇살 속에 그의 키
는 어느새 저렇게 커져 있다 가을은 씨앗처럼 부풀어올라
단단하다 이곳 마을은 가을에 빠졌다 차들은 벌써 남쪽으
로 달린다 바람과 함께 그림자를 끌고 따뜻한 햇살은 마
지막 열매처럼 떨어져 뒹군다 하늘 깊이 솟아오른 목, 발
을 젖게 하는 건 생각일 뿐이라고, 하지만 뒤집어도 뒤집
어도 마음은 바뀌지 않는다 이 아침 마을은 차표를 구하
는 사람들로 분주하다

　　　　　　　　　　　　　　　—「갈대의 생각」전문

　이 시에서 우리는 어쩌면 변의수의 시적 전략과 만날
수 있을 것 같다. 한 마디로 마음에 대한 탐구라고도 할
수 있을 그의 시쓰기 방법은 이 시에 집약되어 있는 듯하
다. 한쪽에 금빛 햇살처럼 상승하는 가벼움이 있다면 다

른 한쪽엔 그림자가 놓여 있다. 마음은 그림자로부터 놓여나 하늘 깊이 솟아오르기를 원한다. 욕망과 상상은 이러한 마음의 두 가지 표정이다. 악마주의적 추락과 미학주의적 상승은 그림자를 가진 마음이 피할 수 없는 대극이다. 이 대극을, 그림자 시학을 추구하는 그는, 그의 '화원'의 구성물에 포함시킨다.

왜냐하면, 그는 코드를 꽂지 않는다 여기저기 무서운 소리들이 새어난다 방음이 되지 않은 구석구석 죽은 꽃잎들의 신음소리, 소음들이 소문처럼 움직여 교배한다

누가 코드를 꽂으라고 했다 소문난 비디오와 악랄한 음들을 풀어놓으라고 한다 하지만 코드를 갖고있지 않다 철물점엔 비아그라처럼 강력한 코드가 있다지만, 탄탄하게 당겨진 코드와 활시위 같은… 욕망이 벽과 문틈 사이를 겨냥하는

그는, 그의 방에 있다 양 한 마리와 들을 거닐며 물줄기를 옮겨 꽃들의 입술을 적신다 세탁기를 돌리기 위해서라도 코드를 사오라고 하지만 하얗게 피어난 외로움 그의 몸에선 냄새조차 나지 않는다, 이미 그는 꽃이 된 지 오래다

—「花園」부분